山田伸子 著

大新書局　印行

	登場人物 ····················· 6
27-1	どこに ある（の）？ ············ 8
27-2	どこに ありますか ············ 10
28-1	どこに いる（の）？ ············ 12
28-2	どこに いますか ············ 14
29-1	どこで 何 する（の）？ ············ 16
29-2	どこで 何を しますか ············ 18
	大きな くりの 木の下で ············ 19
30-1	ぼくの 一日 ············ 20
30-2	わたしの 一日 ············ 22
31-1	ぼく、テレビ 見ない ············ 24
31-2	ぼくは テレビを 見ません ············ 26
32	立ちましょう ············ 28
	象さん ············ 33

33-1	すわりたい！	34
33-2	すわりたいです	36
34-1	昨日、暑かった？	38
34-2	暑かったです	40
35-1	何 食べた？	42
35-2	何を 食べましたか	44
36-1	何で 行った（の）？	46
36-2	何で 学校へ 行きましたか	48
37-1	テレビ 見た？	50
37-2	テレビを 見ましたか	51
38	立って！	53
	かごめ かごめ！	55

ECHO TALKの使い方

關於ECHO TALK：

　　ECHO TALK點讀發音教學筆是一款利用高科技數碼技術為兒童學習語言而設計的優秀產品，開闢了語言學習劃時代的革命。

　　ECHO TALK點讀發音教學筆含有學習、聽力訓練等功能，是老師和學習者首選的電子學習工具。

　　ECHO TALK點讀發音教學筆它的操作極為便利，外觀上相當輕巧，攜帶非常方便。融合知識性與趣味性為一體，在培養孩子自主學習興趣的同時，也能開發智力，激發潛能，讓學習變得輕鬆又快樂。

產品功能介紹與操作說明：

- 打開背面電池盒蓋，依照正負極標示正確裝入2個"AAA"電池，蓋上電池蓋。
- 開機時，輕壓電源鍵2~3秒，待電源指示燈亮起即可使用，關機時則反之。
- 如需調節音量，按音量鍵即可，不會中斷當前的發音。使用耳機時，建議音量不要過大，以免傷害聽力。
- 選取你想要學習的配套教材，開始點讀所要閱聽的內容。
- 使用ECHO TALK點讀發音教學筆點讀時，筆應和書保持角度70°以上，輕輕一點後即可。
- 需下載或更新檔案時，請利用USB連接線連接電腦。
- 如果待機3分鐘沒有使用，ECHO TALK點讀發音教學筆會自動關機。

頁面點讀功能圖解：

登場人物
とうじょうじんぶつ

くにお
国男

たかし
高志

けいこ
景子

じゅん
純

のぼる
登

とく
徳

登場人物

君

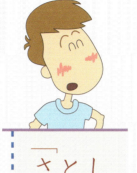
さとし

進

増夫

小夜子

とし子

しゅん

27-1 どこに ある（の）？

(1)

① 本、どこに ある（の）？

② いすの 上。

④ 一冊。

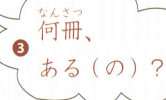
③ 何冊、ある（の）？

⑥ 机の 下。

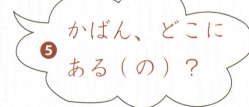
⑤ かばん、どこに ある（の）？

(2)

どこに ある（の）？

❶ りんご、どこに ある（の）？

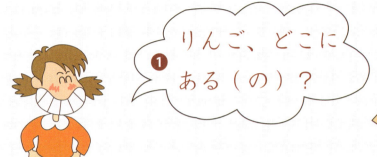

❷ 箱の 中。

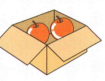

❸ いくつ ある（の）？

❹ 二つ ある（よ）。

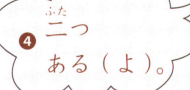

❺ すいか、どこに ある（の）？

❻ 箱の 外。

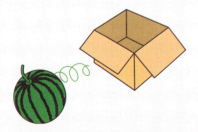

27-₂ どこに ありますか

(1)

本は どこに ありますか。

☞ いすの 上に あります。

何冊 ありますか。

☞ 一冊 あります。

かばんは どこに ありますか。

☞ 机の 下に あります。

(2)

どこに ありますか

りんごは
どこに ありますか。
☞ 箱の 中に あります。

いくつ ありますか。
☞ 二つ あります。

すいかは
どこに ありますか。
☞ 箱の
　外に あります。

練習

| 上 | 下 | 中 | 外 | 前 |
| うえ | した | なか | そと | まえ |

| 後ろ | 右 | 左 | そば |
| うし | みぎ | ひだり | |

28-1 どこに いる(の)？

(1)

1. 犬、どこに いる(の)？
2. ぶた、どこに いる(の)？
3. ねずみ、どこに いる(の)？
4. からす、どこに いる(の)？
5. さる、どこに いる(の)？
6. ねこ、どこに いる(の)？
7. 先生、どこに いる(の)？

(2)

どこに いる（の）？

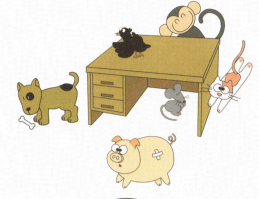

❶ ワンワン
机（つくえ）の 左（ひだり）。

❷ ブーブー
机（つくえ）の 前（まえ）。

❸ チューチュー
机（つくえ）の 下（した）。

❹ カーカー
机（つくえ）の 上（うえ）。

❺ キャキャ
机（つくえ）の 後ろ（うし）。

❻ ニャーン
机（つくえ）の 右（みぎ）。

❼ 先生（せんせい）、どこにも いない（よ）。

28-2 どこに いますか

(1)

ぶたは どこに いますか。

☞ 机(つくえ)の 前(まえ)に います。

さるは どこに いますか。

☞ 机(つくえ)の 後(うし)ろに います。

からすは どこに いますか。

☞ 机(つくえ)の 上(うえ)に います。

どこに いますか

(2)

犬は どこに いますか。

☞ 机の
左に います。

ねこは どこに いますか。

☞ 机の
右に います。

ねずみは どこに いますか。

☞ 机の
下に います。

先生は どこに いますか。

☞ どこにも いません。

29-1 どこで 何 する（の）？

❶ どこで ご飯、食べる（の）？

❷ うちで。

❸ どこで 勉強 する（の）？

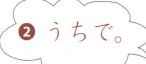
❹ 木の 上で。

❺ どこで ジュース、飲む（の）？

❻ レストラン。

練習(れんしゅう)

どこで 何(なに)する(の)？

「レストラン

「ホテル

病院(びょういん)

「パン屋(や)

友達(ともだち)の うち

幼(よう)ち園(えん)

29-2 どこで 何を しますか

場所		動作
うち		テレビを 見ます
プール		水泳を します
公園	で	お弁当を 食べます
学校		勉強を します
食堂		ジュースを 飲みます
木の 上		本を 読みます
木の 下		歌を 歌います
友達の うち		テレビゲームを します
病院		注射を します

大きな くりの 木の下で

おおきな くりの きの したで

あなたと わたし

なかよく あそびましょう

おおきな くりの きの したで

30-1 ぼくの 一日

① 6時に 起きる。

② それから 朝ご飯を 食べる。

③ 8時に 学校へ 行く。

④ 12時に お弁当を 食べる。

ぼくの 一日

❺ 3時に うちへ 帰る。

❻ 夜、テレビを 見る。

❼ それから、勉強 する。

❽ 10時に ねる。

30-2 わたしの 一日

起きます。

朝ご飯を 食べます。

学校へ 行きます。

お弁当を 食べます。

うちへ 帰ります。

わたしの 一日

 友達の うちへ 行きます。

 うちへ 帰ります。

 晩ご飯を 食べます。

 テレビを 見ます。

 勉強を します。

 ねます。

31-1 ぼく、テレビ 見ない

① 徳ちゃん、テレビ 見る？

② ううん、ぼく、テレビ 見ない。

③ じゃ、何 する（の）？

④ 本、読む（の）。

⑤ 景子ちゃんも 本、読む（の）？

⑥ ううん、読まない。

練習(れんしゅう)

ぼく、テレビ 見(み)ない

CD T-71

歌(うた)「歌(うた)う / 歌(うた)わない」

ワイエムシーエーへ（YMCA）「来(く)る / 来(こ)ない」

勉強(べんきょう)「する / しない」

パン「買(か)う / 買(か)わない」

ジュース「飲(の)む / 飲(の)まない」

10時(じゅうじ)に「ねる / ねない」

25

31-2 ぼくは テレビを 見ません

徳(とく)ちゃんは テレビを 見(み)ますか。

☞ いいえ、ぼくは テレビを 見(み)ません。

では、何(なに)を しますか。

☞ 本(ほん)を 読(よ)みます。

直子(なおこ)ちゃんも 本(ほん)を 読(よ)みますか。

☞ いいえ、読(よ)みません。

練習

ぼくは テレビを 見ません

歌を { 歌います / 歌いません }

ワイエムシーエーへ（YMCA） { きます / きません }

勉強を { します / しません }

パンを { 買います / 買いません }

ジュースを { 飲みます / 飲みません }

10時に { ねます / ねません }

32 立(た)ちましょう

❶ 立(た)ちましょう。

❷ すわりましょう。

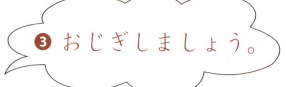
❸ おじぎしましょう。

立ちましょう

❹ 外へ行きましょう。

❺ ここへきましょう。

❻ 歩きましょう。

立(た)ちましょう

❼ うちへ 帰(かえ)りましょう。

❽ 止(と)まりましょう。

❾ 手(て)を 上(あ)げましょう。

❿ 手(て)を 下(お)ろしましょう。

立（た）ちましょう

⓫ テレビを 見（み）ましょう。

⓬ 本（ほん）を 読（よ）みましょう。

⓭ ご飯（はん）を 食（た）べましょう。

⓮ ジュースを 飲（の）みましょう。

⓯ 勉強（べんきょう） しましょう。

立（た）ちましょう

⑯ 平仮名（ひらがな）を 書（か）きましょう。

⑰ ねましょう。

⑱ 起（お）きましょう。

⑲ 歌（うた）を 歌（うた）いましょう。

⑳ パンを 買（か）いましょう。

象さん

1. ぞうさん ぞうさん

   おはなが ながいのね

   そうよ かあさんも ながいのよ

2. ぞうさん ぞうさん

   だれが すきなの

   あのね かあさんが すきなのよ

ぞうさん

まどみちを　作詞
團伊玖磨　作曲

「日本音楽著作権協会（出）許諾第9163124-101号」

33-1 すわりたい！

① つかれた！
ぼく、すわりたい！

② ぼく、テレビ見(み)たい！

③ わたし、歌(うた)いたい！

すわりたい！

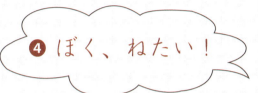
❹ ぼく、ねたい！

❺ ぼく、ジュース_の飲みたい！

❻ ぼく、何(なに)もしたくない。
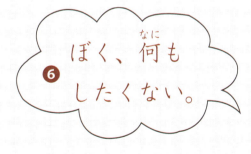

33₋₂ すわりたいです

すわりたいですか。

☞ はい、
　　すわりたいです。

テレビを
見たいですか。

☞ はい、見たいです。

歌を
歌いたいですか。

☞ はい、
　　歌いたいです。

すわりたいです

ねたいですか。

☞ はい、ねたいです。

何を したいですか。

☞ 何も
　　したくないです。

練習

パンを 買いたいです ——— 買いたくないです

帰りたいです ——— 帰りたくないです

起きたいです ——— 起きたくないです

立ちたいです ——— 立ちたくないです

34-1 昨日、暑かった？

❶ 昨日、暑かった？

❷ ううん、暑くなかった（わ）。

❸ 昨日、寒かった？

昨日、暑かった？

❹ ううん、寒くなかった（よ）。

今日、
❺ おそかったね。
どうしたの？

❻ ねぼう したの。

34-2 暑(あつ)かったです

大(おお)きい（です）　　　大(おお)きくない（です）

大(おお)きかった（です）　　　大(おお)きくなかった（です）

小(ちい)さい（です）　　　小(ちい)さくない（です）

小(ちい)さかった（です）　　　小(ちい)さくなかった（です）

速(はや)い（です）　　　速(はや)くない（です）

速(はや)かった（です）　　　速(はや)くなかった（です）

おそい（です）　　　おそくない（です）

おそかった（です）　　　おそくなかった（です）

暑
あつ
かったです

おいしい（です）　　おいしくない（です）

おいしかった（です）　　おいしくなかった（です）

ねむい（です）　　ねむくない（です）

ねむかった（です）　　ねむくなかった（です）

かわいい（です）　　かわいくない（です）

かわいかった（です）　　かわいくなかった（です）

こわい（です）　　こわくない（です）

こわかった（です）　　こわくなかった（です）

危
あぶ
ない（です）　　危
あぶ
なくない（です）

危
あぶ
なかった（です）　　危
あぶ
なくなかった（です）

35-1 何 食べた？

① 朝、何 食べた？

② パンと たまご。

③ いくつ？

④ パン 一枚、たまご 一つ。

⑤ だれと 食べたの？

⑥ 弟と。

何 食べた？

❼ 昼、何 食べた？

❽ ピザ。

❾ おいしかった？

❿ うん、とても おいしかった（わ）。

35-2 何を 食べましたか

朝、何を 食べましたか。
☞ パンと たまごを 食べました。

いくつ 食べましたか。
☞ パンを 一枚、たまごを 一つ 食べました。

だれと 食べましたか。
☞ 弟と いっしょに 食べました。

昼、何を 食べましたか。
☞ ピザを 食べました。

おいしかったですか。
☞ はい、
とても おいしかったです。

練習 (れんしゅう)

何を 食べましたか

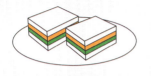
サンドイッチ

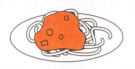
スパゲッティ

カレーライス

うどん

ラーメン

すきやき

ハンバーガー

ピザ

パン

何で 行った(の)？

❼ きみ、おととい、どこへ 行った(の)？

❽ デパートへ 行った(の)。

❾ バスで 行った(の)？

❿ ううん、歩いて。

⓫ だれと 行った(の)？

⓬ お父さんと お母さんと いっしょ。

47

36-2 何で 学校へ 行きましたか

昨日、どこへ 行きましたか。
☞ 学校へ 行きました。

何で 行きましたか。
☞ バスで 行きました。

学校は どこですか。
☞ 京都です。

おととい、あなたは どこへ 行きましたか。
☞ デパートへ 行きました。

バスで 行きましたか。
☞ いいえ、
歩いて 行きました。

だれと いっしょに 行きましたか。
☞ お母さんと 行きました。

練習 (れんしゅう)

何(なん)で 学校(がっこう)へ 行(い)きましたか

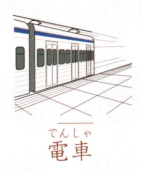
電車(でんしゃ)

車(くるま)

オートバイ（バイク）

船(ふね)

飛行機(ひこうき)

歩(ある)いて

37-1 テレビ 見た？

❶ 昨日、テレビ 見た？

❷ うん、見た（わ）。おもしろかった（わ）。

❸ 昨日、学校へ 行った（の）？

❹ うん、行った（よ）。

❺ 昨日、何を した（の）？

❻ 勉強 した（の）。

37-2 テレビを 見ましたか

昨日、テレビを 見ましたか。
☞ はい、見ました。

昨日、学校へ 行きましたか。
☞ はい、行きました。

昨日、何を しましたか。
☞ 勉強を しました。

テレビを 見ましたか

練習_{れんしゅう}

本_{ほん}を { 読_よみました。 / 読_よみませんでした。 }

テレビゲームを { しました。 / しませんでした。 }

ジュースを { 飲_のみました。 / 飲_のみませんでした。 }

ご飯_{はん}を { 食_たべました。 / 食_たべませんでした。 }

パンを { 買_かいました。 / 買_かいませんでした。 }

{ ねました。 / ねませんでした。 }

38 立って！

立って！　　おじぎして！　　すわって！

歩いて！　　止まって！　　手を 上げて！

手を 下して！　　本を 開けて！　　本を 閉じて！

起きて！

起きて！　　ねて！　　歌って！

食べて！　　飲んで！　　読んで！

話して！　　だまって！　　ここへ きて！

かごめ かごめ！

かごめ かごめ

かごの なかの とりは

いつ いつ でやる

よあけの ばんに

ツルと カメと すべった

うしろの しょうめん だあれ？

かごめ かごめ

わらべうた

新式樣裝訂專利 請勿仿冒
專利號碼 M 249906 號

本書原名 -「たのしいこどものにほんご」

新・楽しい子供の日本語 －生活篇－

2009 年（民 98 ）1 月 1 日 第 1 版 第 1 刷 發行
2013 年（民 102）5 月 1 日 第 1 版 第 4 刷 發行

著　　者	山田伸子
發 行 人	林　　寶
責任編輯	石川真帆
發 行 所	大新書局
地　　址	台北市大安區 (106) 瑞安街 256 巷 16 號
電　　話	(02)2707-3232・2707-3838・2755-2468
傳　　真	(02)2701-1633・郵政劃撥：00173901
登 記 證	行政院新聞局版台業字第 0869 號
香港地區	香港聯合書刊物流有限公司
地　　址	香港新界大埔汀麗路36號 中華商務印刷大廈3字樓
電　　話	(852)2150-2100
傳　　真	(852)2810-4201

Copyright © 2006 Nobuko Yamada. All right reserved.
「新・楽しい子供の日本語 - 生活篇 -」由 山田伸子 授權。任何盜印版本，即屬違法。
版權所有，翻印必究。ISBN 978-986-6882-93-7 (B309)